AF465232

SOIRÉES
POÉTIQUES

DE LA SOCIÉTÉ

DE SAINT FRANÇOIS-XAVIER

PAR

CLAUDIUS HÉBRARD.

BIBLIOTHÈQUE ROYALE

I

LE RETOUR.

PARIS
V.-A. WAILLE, LIBRAIRE-ÉDITEUR,
RUE CASSETTE, 6.
1845

Avant de livrer à la publicité mes nouveaux essais poétiques, j'ai besoin d'expliquer la pensée qui me guide et le but qui me préoccupe. J'ai toujours regardé la poésie comme l'expression du sentiment vital qui domine chez un peuple ; ce sentiment peut varier ses formes de langage, mais toujours il dérive de la religion ou du patriotisme. La France, plus que tout autre pays, a su conserver ces deux puissants leviers de l'inspiration, et quand on dit que la poésie est morte parmi nous, c'est insulter notre histoire qui n'est qu'une magnifique et constante épopée. Il faut donc plaindre ceux qui parlent des funérailles de la poésie, parce que ce triste convoi, s'il existe, sera suivi de celui de la nation tout entière. Quand un peuple chasse ses poëtes, les laisse mourir de faim et de misère, il prouve par là son scepticisme religieux ou sa décadence nationale ; nos aïeux étaient plus sages, et les lyres des bardes tiennent autant de place dans notre berceau que les lauriers des conquérants. Sans remonter si haut, nous trouvons toujours, jusqu'à l'époque actuelle, les poëtes mêlés à tous les grands événements, et dominant par leur voix les réactions religieuses ou politiques. C'est à eux que nous devons toutes les initiatives généreuses, tous les cris de liberté, de fraternité et de haute morale ; personne ne peut avoir oublié les muses sonores qui ont inauguré le XIXe siècle, et personne n'ignore que nous leur devons toutes les grandes pensées d'avenir qui préoccupent aujourd'hui les fortes intelligences. Je cherche donc vainement dans la poésie la cause de la répulsion presque générale qu'elle essuye au milieu d'un peuple façonné par elle ; cette cause funeste, qui réduit tant de cœurs généreux au silence, vient du mercantilisme littéraire. Les vrais poëtes ne sont pas marchands ; il est impossible de chanter noblement, avec élévation et indépendance, quand d'une main on tient son luth, et que, de l'autre, on sollicite l'aumône. Autrefois on comprenait mieux le poëte ; on n'attendait pas que le besoin l'obligeât à faire des satires, comme Gilbert, ou à mourir, comme Hégésippe Moreau, à l'hôpital, sans avoir eu jamais pendant sa vie les éloges qui retentirent sur sa tombe fermée. Presque tous nos auteurs fameux du XVIIe ou du XVIIIe siècle citent avec reconnaissance les noms de leurs bienfaiteurs ou de leurs aimables bienfaitrices. On savait alors le prix du génie, et l'on jouissait de ses fruits. Sans critiquer trop amèrement la société présente, ne peut-on pas la trouver bien inférieure à ses devancières ?... Que fait-elle aujourd'hui pour les lettres ? Qu'on nous montre ses faveurs pour les écrivains sérieux, et surtout pour les jeunes talents qui ne peuvent grandir sans des encouragements donnés à propos et avec le tact qui fait qu'on n'humilie jamais personne ! Plus j'étends mon regard autour de moi, plus je suis effrayé des viles conditions qu'on impose à celui que sa vocation pousse à demander à sa plume le pain d'une précaire existence.

Je ne vois, dans cette foule d'hommes occupés à veiller au feu sacré de l'intelligence sur l'autel de la patrie, que des fortunes incompréhensibles ou des dénûments inouïs ; et, chose triste à dire, le gros lot est souvent le partage du plus intrigant, dont l'adresse sauve la médiocrité. Il est aisé de comprendre, en face de tels spectacles, comment la poésie a perdu sa popularité, et je ne m'étonne plus qu'on la repousse, car la voix de Dieu fatigue les peuples qui veulent s'endormir, ou s'enfoncer dans les jouissances matérielles.

En dépit de cet état fâcheux des esprits, j'ose rentrer encore sur la scène littéraire avec un nouveau bagage poétique. Cette fois, je ne me présente pas avec la pensée de me faire écouter plus qu'un autre, ni avec l'intention, plus présomptueuse encore, de changer mon siècle; mais l'idée de lutter contre l'indifférence et l'oubli des plaisirs intellectuels flatte mon courage. Au moins j'aurai parlé de Dieu et de mon pays à ceux qu'absorbent les intérêts de ce monde périssable, et, si je n'en suis pas récompensé ici-bas, un Maître plus juste m'en tiendra compte ailleurs. Placé dans des circonstances exceptionnelles, j'ai cru entrevoir un vaste champ d'émulation pour les cœurs élevés, et je crois qu'il est de mon devoir de le faire connaître. Peut-être est-ce un monde nouveau que découvrira un jour quelque navigateur plus expérimenté que moi.

L'œuvre de Saint-François-Xavier, semblable, il y a quelques années, au grain de sénevé dont parle l'Évangile, est devenue aujourd'hui un grand arbre sous l'ombrage duquel plusieurs milliers d'ouvriers viennent se reposer une fois par mois. Admis à parler, comme poëte, dans ces réunions, j'ai pensé que le langage du cœur, la chaleur des pensées, la vivacité des images devraient impressionner ces masses imposantes, et, comptant sur ma bonne volonté bien plus que sur mes forces, j'ai essayé de remuer toutes ces intelligences en leur parlant de Dieu et de la France. L'effet produit par cette poésie simple et sans recherche m'a prouvé que là est un trésor d'avenir pour les âmes mûries par l'étude et dévorées d'amour pour leurs semblables, qui pourront mettre au service des grandes pensées religieuses et nationales un talent plus fécond, plus sûr et plus exercé que le mien ; je leur propose donc, comme un noble but, de ressusciter la poésie populaire. Il y a là, si l'on veut y réfléchir, une mine inépuisable à exploiter; le peuple a encore plus besoin d'un consolateur que d'un Juvénal ; il est plus malheureux que dissolu ; ce serait un vrai service à rendre au pays que d'encourager une muse chrétienne et patriotique, qui se dévouerait à la noble mission d'édifier, d'instruire et de moraliser. Puisque nous sommes arrivés à une époque où se manifeste une tendance générale vers la torpeur intellectuelle, ce n'est plus le moment de chatouiller les oreilles par des chants mélodieux où la grâce et la perfection de la forme sont la préoccupation exclusive du poëte ; il faut demander à sa lyre de mâles harmonies, de puissantes idées, de hautes inspirations, il faut secouer cette nation et non la bercer sur sa couche voluptueuse ; le temps des trouvères est passé, celui des bardes recommence.

Le but de cette publication est donc de lutter contre l'indifférence qu'on affecte envers la poésie, et d'indiquer une source nouvelle d'inspiration. Je cède en second lieu au désir bienveillant que plusieurs personnes m'ont témoigné de voir mes vers publiés. Heureux de pouvoir faire profiter ce faible ouvrage à l'Œuvre, où j'ai reçu toujours un accueil si sympathique, j'ai voulu que la caisse des ouvriers malades fût intéressée à sa vente et à sa propagation. J'ai pensé, comme pensaient nos pères, qu'avant tout un livre doit être utile, et j'espère que son imperfection paraîtra moins, étant cachée sous les ailes de la charité.

Paris, le 15 janvier 1845.

I

LE RETOUR.

Quand j'étends mon regard sur cette multitude
Qui du temple étonné peuple la solitude,
Tout mon être se trouble, et j'ai peur d'accepter
Un sceptre pesant plus que je ne puis porter.
Quel est ce sacerdoce offert à ma faiblesse?
Sur mon luth agrandi déjà ma main se blesse.
Comment en arracher d'assez larges accords
Pour remuer les cœurs dans la prison des corps?..
Ai-je assez d'énergie, assez de véhémence
Pour emporter d'assaut cet auditoire immense,
Comme le vent qui passe, entraînant à la fois
Et la fleur de nos champs et l'arbre de nos bois?...

Mon Dieu! puisqu'ils ont soif de votre poésie,
Si, pour la leur dicter, ma parole est choisie,
Remplissez-moi de force, enivrez-moi d'espoir,
Soyez tout mon génie, augmentez mon pouvoir.
Donnez pour que je donne, et que toujours ma bouche
Ait pour eux quelque mot qui console ou qui touche.
Ne pouvant verser l'or sur ceux qui n'en ont pas,
Je verse à pleines mains mon âme sur leurs pas.
Echo de leurs douleurs, j'en dirai l'amertume,
Ayant soin d'y mêler le baume qui parfume.
Si je ne puis encor les rendre tous heureux,
Au moins je ne serai poëte que pour eux.

Et n'est-ce rien déjà qu'une voix chaleureuse
Du peuple défendant la classe malheureuse?...
N'est-ce rien qu'un poëte, alors qu'il met en jeu
Tous les ressorts cachés de son âme de feu?...
Oh! si l'amour vibrait dans toutes les poitrines,
Il n'en sortirait plus ces tendresses chagrines
Plaignant le sort du pauvre en le laissant souffrir!
Sur les malheurs d'autrui c'est peu de discourir.

Le dévouement s'oppose à tout projet frivole,
Et l'acte suit toujours son ardente parole.
Aussi la charité parmi nous fait la loi;
Chacun se donne à tous, nul ne vit que pour soi.
Ici point de conseils onéreux ou perfides,
Point de devoirs sans but, point d'espérances vides.
Ce sont de fraternels et touchants entretiens
Où l'on met en commun et ses maux et ses biens,
Où l'on dompte le sort à force de sagesse.
Le pain de la vertu s'y donne avec largesse.
On entre quelquefois pécheur et désolé,
On en sort bien souvent meilleur et consolé.
L'extase me saisit quand je vois cette foule
Dont le flot grossissant en ces lieux se déroule.
Murs, élargissez-vous!... et ne resserrez plus
Dans des champs trop étroits le froment des élus.
Laissez, laissez passer ce beau torrent des âmes
Que la foi comme l'or épure dans ses flammes.
Ouvrez-vous largement, portiques du saint lieu;
Laissez entrer le peuple : il a besoin de Dieu!...

Comme ils se sont trompés, ceux dont l'ardeur cruelle
Veut rendre à son passé notre France infidèle !
Nos temples, qu'ils disaient de plus en plus déserts,
Voient leurs parvis sacrés d'adorateurs couverts ;
L'ouvrier, fatigué d'errer dans des systèmes
Qui n'enfantent jamais que de nouveaux problèmes,
Remonte librement vers ces âges si doux
Où l'Apôtre disait : Nul n'est pauvre avec nous !
Ces hôtes du malheur, interrogeant le monde,
N'ont pas trouvé d'amis dont le cœur leur réponde.
Ils ont vu que l'amour est un mot profané,
Qui sans l'Église encor n'a qu'un sens erroné.
Et les voilà qui vont devant le sanctuaire,
Chrétiens ressuscités, secouer leur suaire !
Que ce réveil est beau ! Quel est l'homme assez bas
Dont le cœur devant eux ne s'élancerait pas?...

Du mien, nobles amis, déborde l'allégresse !
Où sont toutes vos mains, pour que ma main les presse?
Je dresse ici ma tente, et mon luth parmi vous
Comme au vent d'Eolie aura des sons bien doux.

De mon besoin d'aimer je donne les prémices ;
Peut-être, un jour, pourrai-je étendre mes services.
Coulez, coulez, mes vers, ah ! coulez sans effort !
Eveillez leur courage, adoucissez leur sort.
Soyez, dans leurs esprits fatigués par les veilles,
Comme les ruches d'or qu'habitent les abeilles,
Toujours pleins de parfum et ruisselants de miel.
N'arrivez auprès d'eux qu'en passant par le ciel.
L'ouvrier est si bon qu'au fort de la misère
Il est reconnaissant d'une aumône légère ;
Il ne mesure pas la grandeur du bienfait,
Et sait rendre à chacun ce que chacun a fait...

Ce n'est pas d'aujourd'hui qu'il aime les poëtes,
Des sentiments du peuple éloquents interprètes.
S'il n'en vient pas pour lui du monde des heureux,
Il les prend dans ses rangs et s'enrichit par eux.
La pauvreté n'est point un obstacle au génie :
J'ai lu, j'écoute encor ces vers pleins d'harmonie
Que Reboul et Jasmin font éclore si beaux,
Sans quitter, l'un son four, et l'autre ses ciseaux.

J'entends chanter Poncy dans son logis modeste,
Où, quand l'argent n'est pas, la gaîté du moins reste;
Ma mémoire a gardé le nom de Violeau,
Et d'Hégésippe aussi je connais le tombeau.
Je sais que, bien souvent, l'atelier, la chaumière
Ont, du souffle divin, la visite première.
C'est chez un artisan que le Christ est venu,
Et de simples bergers les premiers l'ont connu.
Aussi, ma voix n'est point dans ces lieux étrangère :
Comme au soir d'un beau jour la brise passagère
Dans nos jardins s'embaume en passant sur les fleurs,
Je laisse errer, parmi vos plaisirs, vos douleurs,
Mon oreille et mes yeux, mon âme et ma pensée;
Et, riche du butin fait dans ma traversée,
Je ne suis que l'écho, qui redit de son mieux
Vos plaintes, vos désirs ou vos refrains joyeux.

Faites vibrer souvent cet écho sympathique
Et le luth que ma main suspend à ce portique;
Envahissez mon cœur, faites passer dans moi
Tout le souffle d'un peuple orgueilleux de sa foi.

Ressuscitez enfin la poésie en France :
Elle enfante la gloire et dompte la souffrance ;
Nos aïeux, autrefois, jamais ne combattaient
Sans avoir auprès d'eux des bardes qui chantaient.
Ces cris brûlants de l'âme, au sein des multitudes,
Sauvent les libertés, chassent les servitudes ;
Ils tiennent en éveil les nobles passions
Et font monter la sève au cœur des nations.

Aujourd'hui tout appelle, aspire l'harmonie.
On ne veut pas laisser plus longtemps désunie
Cette grande famille, aux sentiments divers,
Qui se partage en lots le sol de l'univers ;
On s'élance au-devant de ces siècles prospères
Où les hommes entre eux partout vivront en frères.
Chrétiens ! c'est à nous seuls d'annoncer ce beau jour
Et de frayer la voie au règne de l'amour.
Magnifique avenir que cette œuvre prépare !
Par elle, du mauvais le bon grain se sépare ;
Elle éclaircit les rangs d'ouvriers dissolus
Et grossit tous les jours ses phalanges d'élus.

Ah ! qu'on n'entrave pas sa marche conquérante,
Qu'elle déborde aussi sur la classe souffrante,
A l'exemple du Nil, dont on voit, tous les ans,
S'étendre, loin des bords, les flots fertilisants !...

Soldats de la vertu ! multipliez vos tentes,
Ramenez dans vos camps les tribus inconstantes,
Oubliant dans l'exil le culte des aïeux;
Sauvez notre pays et repeuplez les cieux.
Allez ! on vous admire et dans vous l'on espère.
Quand aux desseins de Dieu le peuple coopère,
C'est un immense fait, ayant pour résultat
L'ordre dans la famille et la paix dans l'Etat.
Achevez la croisade et vos sages victoires !
N'allez pas, nobles preux, rassasiés de gloire,
Dormir sur des lauriers, quand aux champs du Seigneur
Il vous reste à cueillir des moissons de bonheur.
Le bruit de la vaillance avec le guerrier tombe :
La vertu fait un nom qui survit à la tombe.
Couvrez donc nos cités, consolants messagers !
Portez bonne nouvelle à tous les passagers;

Menez les altérés à la source d'eaux vives;
Du banquet fraternel augmentez les convives.
Vous portez maintenant, sur vos fronts, incrusté,
Le sceau du dévouement et de la charité!
Vous pouvez avancer sans que rien vous divise:
On sait votre mot d'ordre, on sait votre devise;
Plus que jamais l'Eglise appelle ses enfants
Pour entourer du Christ les drapeaux triomphants.
Mettons-nous donc à l'œuvre, hommes de toute classe,
Servons l'humanité chacun à notre place,
Et ne sortons d'ici que pour rendre en tout lieu
Le peuple à ses devoirs et la France à son Dieu!

PARIS. — TYPOGRAPHIE D'A. RENÉ ET Ce,
Rue de Seine 32.

II

Le premier Jour de l'An.

BIBLIOTHÈQUE ROYALE

Mes amis, nous voilà tous plus vieux d'une année;
Le temps presse sa marche et la vie est bornée.
L'homme est un pèlerin vers un monde plus beau,
Qui, d'étape en étape, approche du tombeau.
Quand il devrait penser, le monde court aux fêtes;
Pourtant ce jour vanté vient sur toutes les têtes
Effeuiller chaque fois la couronne des ans
Et dans de blonds cheveux semer des cheveux blancs.
Ne faisons pas défaut à la coutume antique,
Mais rendons-lui son sens moral et poétique.

2

Un grand peuple s'instruit jusque dans ses loisirs;
Où n'est point la raison il n'est point de plaisirs...

Autrefois, dit l'histoire en ses doctes annales,
Ces prémices de l'an se nommaient saturnales.
Pendant ces jours joyeux le maître était valet
Et le valet seigneur, renversement complet
Qui durait trop pour l'un et pas assez pour l'autre.
Tout état nous sied mal quand il n'est pas le nôtre!...
On s'amusait sans frein, et, dans tous les plaisirs,
A force d'en user, s'émoussaient les désirs.
Ce temps passé, chacun retournait dans sa sphère :
Le maître à ses trésors, l'esclave à sa misère.
Qui ne reconnaît là Rome, dont l'univers
Comme un insigne honneur sollicitait des fers?
Ce peuple, que le sort dotait avec largesse,
Géant, se faisait nain, et fêtait sans sagesse
Ces époques du temps qui le trouvaient toujours
Marquant par des lauriers le nombre de ses jours.
La folie au matin, la débauche nocturne,
Tels étaient les présents que recevait Saturne,

Ce vieillard dont la faux représentait la mort
Et dont l'aile indiquait l'inconstance du sort.

Dans cet aveuglement s'abrutissait le monde
Quand du Christ apparut la doctrine féconde.
Alors, dans cette Rome où les excès du mal
Armaient d'un fouet sanglant la main de Juvénal,
On voyait les chrétiens, à ces retours d'année,
Lier l'ère nouvelle à l'ère son aînée,
Par un redoublement de vertus et d'espoir
Augmentant d'un anneau la chaîne du devoir.
Ils allaient l'un chez l'autre, et leurs mœurs fraternelles
Opposaient l'amour pur aux passions charnelles.
C'étaient des entretiens que nouait l'amitié;
Dans les biens, dans les maux tous entraient de moitié.
Ils parlaient des projets qu'un nouvel an fait naître,
De l'avenir qu'on peut prévoir sans le connaître,
Des vides que la mort avait faits autour d'eux.
Le malheur est moins lourd quand on le porte à deux.
Pour étrennes souvent, dans ces sages familles,
On donnait à dessein des colombes aux filles,

Comme reflet du cœur par Dieu même habité,
Qu'embaument la sagesse et la pudicité.
Les fils, fortifiés par l'exemple des pères,
Aimaient à recevoir des présents plus sévères :
Ou le sang d'un martyr qu'il fallait imiter,
Ou l'Évangile aimé qu'il fallait méditer...

Ces temps-là ne sont plus ; le monde, en fait d'usages,
Hérite des mauvais plus souvent que des sages.
Aujourd'hui l'on préfère, au lieu d'utilité,
Les dehors séduisants de la frivolité.
Les mains serrent les mains, les cœurs sont à distance ;
Le sourire est grimace et l'amour inconstance ;
Le mensonge préside à plus d'un entretien ;
On se parle de tout, on ne conclut à rien...
Au moins, du temps des preux, de brillante mémoire,
Jusqu'aux jouets d'enfants, tout parlait de la gloire.
Repentant ou fidèle, en ces jours consacrés,
Chacun renouvelait ses serments révérés
De foi, de chaste amour, d'honneur et de vaillance ;
On souhaitait surtout bonne année à la France !...

Ah! laissons donc aux sots ces vains amusements
Qui n'élèvent pas l'homme à des enseignements,
Pratiques sans portée, actions puériles
Qui rendent pour le ciel les nations stériles.
Entre tous les excès gardant le vrai milieu,
Ayons toujours pour but notre patrie et Dieu.
C'est ainsi qu'unissant ces deux forces vitales
Nous nous relèverons de nos chutes fatales;
Et le temps, poursuivant son cours précipité,
Ne fera que hâter notre immortalité.

Vous pensez comme moi, vous, portion choisie
D'un peuple que toujours berça la poésie;
Vous qui savez offrir, quand tout est effacé,
Les urnes de vos cœurs aux parfums du passé.
Entrez avec mes vœux dans l'ère qui commence;
Des rigueurs du destin sentez moins l'inclémence;
Cherchez avec courage un meilleur avenir,
Portés par l'espérance et par le souvenir.
Si j'avais la clef d'or du palais de la joie,
Je vous y mènerais par la plus prompte voie.

Je voudrais que mes vers, chassant tous vos malheurs,
Sur le bord de vos yeux arrêtassent les pleurs.
Soyez heureux en tout! Si la fortune hésite
A rendre en vos foyers sa tardive visite,
Au moins gardez toujours le trésor précieux
De la force qui dompte un sort capricieux.
Le bonheur passe vite aussi bien que la peine.
Esclaves, exilés, nous portons tous la chaîne.
Qu'elle soit d'or, de fer, c'est toujours un fardeau
Que l'âme doit laisser rivé dans le tombeau.

La pauvreté qui fuit le vice et la paresse
Est plus près du bonheur que l'oisive richesse.
L'ouvrier qui travaille et borne ses désirs,
Où le riche est blasé trouve de vrais plaisirs.
Il ignore l'ennui, la mollesse, l'envie,
Et ces mille besoins tyrannisant la vie.
Aux notions du bien finit tout son savoir;
Il a le sentiment du droit et du devoir.
Dans son humble logis si moins de luxe brille,
L'ornement du foyer pour lui c'est la famille.

Il ne doit qu'à lui seul son aisance, son pain,
Et l'or qu'on gagne, amis, ne salit pas la main.
Donc, bonne année à tous ; ne laissez pas vos âmes
Éteindre dans les pleurs leurs généreuses flammes.
Au courage un Français ne fait jamais défaut.
Si le bonheur résiste, emportez-le d'assaut ;
Remettez-vous en marche, achevez le voyage
A tout homme imposé sur ce sol de passage,
Et, sachant qu'en Dieu seul sont les seuls biens constants,
Laissez ceux d'ici-bas sur les ailes du temps.

III.

L'AUMONE DU POETE.

Le poëte a pour tous des chants et des prières;
Il n'est pas de chagrins qu'il ne veuille assoupir.
Devant des yeux en pleurs se mouillent ses paupières,
Et les soupirs toujours rencontrent son soupir.

Mais à quoi donc lui sert de comprendre la vie,
De savoir mieux que tous deviner les douleurs,
S'il ne peut que chanter, et toujours nous convie
A des banquets sans pain qui n'offrent que des fleurs?

Qu'importe une voix douce où l'harmonie abonde,
A celui que la faim rend esclave du corps!
Est-ce assez pour le pauvre, en sa peine profonde,
De l'aumône du cœur et de quelques accords?...

Non, sans doute, ô mon frère! ô toi dont la détresse
Sollicite ici-bas mes soins et ma pitié!
Il faudrait, pour changer ton deuil en allégresse,
Du bonheur de plusieurs seulement la moitié.

Il te faut, en fortune, assez pour vivre à l'aise,
Pour être sûr, au moins, du pain de chaque jour,
Pour qu'au fond de ton cœur le blasphème se taise
Et que le désespoir ignore ton séjour.

Oh! combien je comprends les besoins de ta vie!
Que ne puis-je aussitôt voler te secourir!...
Quand de donner mon cœur sent grandir son envie,
Je ne trouve qu'un luth et des vers à t'offrir.

Mais ne pourrai-je pas trouver sur cette lyre
Des sons qui valent mieux, mieux que les sons de l'or?
Si je t'ouvre la voie où la souffrance expire,
Ne t'aurai-je donc pas donné plus qu'un trésor?...

L'espérance console; écoute le poëte :
Il te dira qu'au ciel un Dieu veille sur nous.
Jusque dans nos douleurs sa bonté se reflète;
Les maux sont le creuset qui nous épure tous.

C'est un maître si doux que tout dans la nature
Nous révèle ses dons prodigués et gratuits.
Son amour va chercher la moindre créature;
L'oiseau lui doit ses chants, et l'arbre ses beaux fruits.

Chaque plante en reçoit la goutte de rosée
Que renferme, au matin, son calice embaumé.
La terre, tour à tour réchauffée, arrosée,
Lui doit de ses moissons l'essor accoutumé.

C'est lui qui, mesurant aux astres leur carrière,
Fait le réveil du jour et le sommeil des nuits.
Les saisons ont leur cours, les flots ont leur barrière,
Et tous les éléments par sa main sont conduits.

Tout nous dit ses bienfaits; sous sa loi tout prospère!
Si du banquet divin nous nous sommes exclus,
La vengeance du Roi cède au pardon du Père,
Et tous sont appelés pour que tous soient élus.

Quand nos âmes parfois se croient abandonnées,
C'est que nous entravons nous-mêmes sa bonté.
Les facultés du bien, il nous les a données;
Le mal n'est que l'abus de notre liberté.

L'homme n'a pas reçu la vie et l'espérance
Pour que ses yeux toujours se remplissent de pleurs;
C'est nous qui suscitons notre propre souffrance,
Et sous nos pieds distraits nous étouffons les fleurs.

Si la foi présidait à toutes nos pensées,
Le pain de la vertu pourrait nourrir nos corps;
Et si nos passions étaient mieux dépensées,
N'étant jamais trompé l'amour nous rendrait forts.

Le pain que nous mangeons de nos sueurs s'arrose;
Mais aussi ce qu'on gagne a bien plus de valeur.
Pour l'homme intelligent, le travail, c'est la rose
Qui plaît malgré l'épine, à cause de sa fleur.

Faisons donc sur nos fronts luire une âme sereine,
Et tarissons ces pleurs énervant nos esprits;
Soutenons le combat: la vie est une arène;
Luttons, Dieu nous regarde, et le ciel est le prix!...

Le païen philosophe, en sa vaine sagesse,
Se trouvait assez fort pour vaincre la douleur;
Le chrétien voudra-t-il laisser voir sa faiblesse,
Et reculer en lâche en face du malheur?...

L'avenir appartient aux vertus vigoureuses ;
Ne craignons que le vice et le sommeil des cœurs ;
Et couvrons, dans les rangs des classes malheureuses,
Tous les cris des vaincus par les cris des vainqueurs.

Un peuple qui se plaint bientôt perd son courage;
Quand on y pense trop, le mal accroît son faix ;
Se croire heureux, c'est là le parti le plus sage;
Le corps souffre bien moins quand le cœur est en paix.

Qu'est-ce, d'ailleurs, la terre? un séjour provisoire ;
Au tribunal de Dieu tout nous sera compté.
Si le Christ a souffert pour entrer dans la gloire,
Craindrons-nous le Calvaire après qu'il l'a monté?...

Tout s'altère ici-bas, tout s'éteint, tout s'efface,
Le vide à chaque instant se fait autour de nous.
Quel que soit notre nom, nous tenons peu d'espace
Sur le sol où la mort nous donne rendez-vous.

Ainsi, ne formons plus qu'une famille immense
Qu'attend le même ciel, qu'unit le même espoir;
Acceptons le travail, acceptons la souffrance :
On est toujours joyeux quand on fait son devoir.

IV

L'AVENIR.

Notre siècle, dit-on, las de la poésie,
Laisse, en ses coupes d'or, reposer l'ambroisie.
Comme un être incommode, à peine supporté,
Aux plages de l'oubli le barde est déporté,
Et bientôt l'on verra les fils de l'harmonie
Forcés à demander pardon de leur génie.
J'aime à douter des faits, humiliants pour nous ;
On en doute bien plus quand on est parmi vous :
Vous êtes, pour l'oiseau que surprend un orage,
La retraite où, des vents ne craignant plus l'outrage,

Il peut chanter encore et se faire écouter
Par les hôtes choisis qui vont là s'abriter.
Gloire à vous!... Si le monde exile ses poëtes,
Jérusalem aussi renvoyait ses prophètes.
Je comprends que les luths restent silencieux
Quand sur eux il ne passe aucun souffle des cieux.
Mais ce souffle est ici, je le sens, je l'aspire;
Mon cœur, qui manquait d'air, plus librement respire;
Répandez-le partout, et, cachés en ce lieu,
Ne soyez pas les seuls à vous nourrir de Dieu....

La patrie affamée attend ce pain de vie:
Qu'à le rompre avec vous votre voix la convie!
Languissante, brisée, errante en ses plaisirs,
Elle s'est fait victime à force de désirs;
Saisissez ce cadavre, il n'est qu'en léthargie;
Sous le linceul encor couve son énergie,
Et, brisant le cercueil où le peuple s'endort,
Nouveaux Ezéchiels! commandez à la mort!....
Si vous répondez tous aux rôles magnifiques
Qu'imposent aux chrétiens les siècles pacifiques,

Où la lutte, quittant l'arène des combats,
Sur le champ de l'idée appelle les débats,
L'avenir est à vous ! Croyez à l'Evangile ;
L'erreur a le front d'or et ses pieds sont d'argile.
Qu'importe le sommeil? le réveil a son tour ;
Un peuple ne va point au trépas en un jour.
Laissez aux impuissants l'élégie et ses larmes ;
Dans l'arsenal des preux allez chercher vos armes :
Patriotisme et foi, voilà les passions
Qui seules de héros peuplent les nations.

Mais le temple désert voit tomber ses murailles ;
On regarde partout passer des funérailles ;
Le deuil sur bien des fronts étend son vêtement,
Et les yeux laissent voir des pleurs d'abattement...
Qui se lamente ainsi? Fuyez, voix importune !
C'est lorsque tout trahit la mauvaise fortune
Que s'apprête parfois le sublime moment
Où tout un peuple atteint son affranchissement.
La souffrance morale est le signe infaillible
ue le monde subit une force invisible

Qui le pousse à chercher un plus large horizon,
Pour les besoins du cœur et ceux de la raison.
Pourquoi pleurer alors quand le voile du temple
Ne dérobe plus l'arche à l'œil qui la contemple?
Quand tout gravite ainsi vers la Divinité,
Qu'a donc de menaçant pour nous l'humanité?...
Si la mort de l'esprit punit les téméraires,
Pliant le dogme pur à leurs lois arbitraires,
Que peut craindre celui qui, dans ce grand congrès,
Vient proclamer la foi la source du progrès?
Ah! lorsqu'autour de nous travaille la pensée,
Qu'elle soit ténébreuse, informe ou peu sensée;
Gardons-nous d'éviter ces assises du temps
Où se juge le sort des peuples mécontents.
Notre place est toujours vers toutes les misères;
Les hommes abusés en sont-ils moins nos frères?
Plus nous voyons de près Dieu dans sa vérité,
Plus l'aveugle a des droits à notre charité.

Sortez donc, fils du Christ, sortez de vos retraites :
Produisez au grand jour vos phalanges secrètes;

Mêlez-vous à ce monde où chacun laisse voir
Et la torpeur du doute et l'orgueil du savoir.
C'est maintenant qu'il faut de vigoureux athlètes;
Pour chanter vos combats surgiront les poëtes.
J'entends déjà vibrer les luths harmonieux
Qui dormaient suspendus aux tombeaux des aïeux.
Levez-vous et marchez! il est temps que la France
De l'univers sans Dieu termine la souffrance,
Et que l'humanité, réveillée en sursaut,
Reçoive d'elle enfin le mot d'ordre d'en haut.

Telles sont de mon cœur les ardentes pensées;
Sans ordre, à pleines mains, je les ai dépensées,
Comme ces grains qu'on jette aux sillons entr'ouverts,
Certain qu'ils germeront à la fin des hivers.
Ne me démentez pas, vous sur qui Dieu se fonde
Pour annoncer son règne attendu par le monde.
Sauvez tout ce qui souffre, et partout à la fois
Avec notre drapeau plantez aussi la croix.
Quand reviendront ces jours d'universelle fête,
Alors le barde heureux pourra lever la tête.

On ne le verra plus, enviant le trépas,
Obligé de se taire et de penser tout bas;
Il n'ira point, poussé par la faim, la misère,
Faire acheter sa voix, mendier un salaire;
Debout sur son trépied, et rencontrant partout,
Dans les cœurs la vertu, dans les arts le bon goût,
Il reprendra bientôt son attitude altière,
Élevant les esprits, planant sur la matière;
Et l'on saura qu'un peuple où le poëte dort
N'est qu'un peuple malade ou bien un peuple mort.

V

L'EXIL.

Le triste mot d'adieu se redit bien des fois;
Nos jours comme les fleurs s'effeuillent sous nos doigts,
Le sourire est voisin des larmes.
Si l'on pouvait dresser la tente du séjour
Près de tous ceux qu'on aime, ou dont on sait l'amour,
La vie offrirait trop de charmes.

L'espoir n'atteindrait plus que des cœurs refroidis
Oubliant volontiers leur part de paradis
Pour jouir du présent sur terre.

On ne nous verrait plus, impatients du sort,
Aspirer l'autre vie et sourire à la mort;
Notre exil serait volontaire.

Serions-nous plus heureux? le doute en est permis;
Tendre vers l'idéal, vers un bonheur promis,
C'est la félicité des âmes.
On s'endort dans la joie, on veille dans les pleurs;
Il faut que l'homme passe au milieu des douleurs
Comme l'or au milieu des flammes.

Le bâton de voyage est placé dans nos mains
Pour que nous marchions tous, par différents chemins,
Au but qui pour tous est le même.
Ce qu'on atteint sans peine émousse les désirs,
Et toujours on récolte en moissons de plaisirs
Ce que dans la douleur on sème.

Prendre la vie ainsi c'est s'épargner au cœur
Bien de ces noirs chagrins dont l'espoir rend vainqueur;
L'existence est poétisée.

Les fleurs font oublier l'épine des buissons;
Et l'âme se nourrit des pleurs que nous versons,
Comme les plantes de rosée.

Eh ! ne voyons-nous pas partout autour de nous
L'inconstance des flots qui nous entraînent tous?
La vie est pour l'homme un passage,
Aimer avec mesure, et par rapport à Dieu,
Ne s'attacher à rien de ce qui dure peu,
Telle est la maxime du sage.

Aussi, vienne du ciel quelque souffle léger,
Sa tente échappe au sol et peut s'en dégager,
Ainsi qu'une fleur sans racines.
Le monde sait son nom, mais Dieu le sait bien plus;
Ses pieds ne portent pas au séjour des élus
La poussière de nos ruines.

Imitons-le ce sage, abrégeant le malheur,
Qui ne s'arrête pas à cueillir chaque fleur
Quand au pays sont les plus belles.

Ne nous serrons les mains qu'en passant ici-bas ;
Empressés d'arriver, hâtons, hâtons le pas :
Hélas ! que n'avons-nous des ailes !

Que faisons-nous ici ? L'âme sent chaque jour
Que rien ne la remplit au terrestre séjour,
La pensée en tout nous dépasse.
La sève nous inonde, et le corps trop étroit
Ne laisse pas grandir notre cœur qui s'accroît ;
Il nous faut plus d'air et d'espace.

Les siècles ont rendu si large l'horizon
Que nous voyons aussi s'élargir la raison ;
Les peuples ont doublé leur vie.
Un immense travail poursuit l'humanité :
La recherche du vrai, du beau, de l'unité,
Mon Dieu ! vers toi tout nous convie.

VI

LE JOUR DE PAQUES.

Le peuple, en son délire, un jour dit à l'Eglise :
Je ne souffrirai plus que ta voix me conduise ;
Je veux rompre avec toi. Chargé de tes bienfaits
J'ai hâte d'oublier les heureux que tu fais.
Seul et sans ta lumière illuminant ma voie,
Libre dans mes désirs et libre dans ma joie,
Je veux marcher, n'ayant pour phare à l'horizon,
Que le seul nom de Dieu ; le seul mot : la raison.

L'ingrat ! il eut la force et le triste courage
D'essayer un instant le poids de cet outrage ;

Il renia sa mère, et l'on vit le Français
Soumettre son vieux culte à de nouveaux essais;
Répudier la loi qui soutenait sa gloire
Et de sa propre main déchirer son histoire.
Mais pourquoi rappeler ce triste souvenir?...
Si Dieu sait tant aimer, il sait aussi punir.
De la part de bonheur à sa faute perdue,
Le peuple a mesuré la terrible étendue;
Et quand il a voulu combattre hors du rang,
Partout il a laissé les traces de son sang.
Aussi l'avons-nous vu, tout meurtri de sa chute,
Contre ses courts écarts bientôt entrer en lutte;
Dire à ses jours de doute un solennel adieu
Et sur ses vieux autels redemander son Dieu.
Il s'arrêta tremblant au seuil de l'athéisme,
Et revint à la foi par le patriotisme.

A cette voix d'un peuple, ardent au repentir,
Le Ciel à transiger fut prompt à consentir.
Et Dieu, le bon pasteur, parcourant la patrie,
Toujours de plus en plus peuple sa bergerie.

Le doux besoin de croire assaille tous les cœurs,
L'erreur a ses vaincus, mais aussi ses vainqueurs.
Nos temples voient la foule inonder leurs portiques,
Comme un vaste unisson s'élancent les cantiques.
Les vieux murs, rajeunis par de pieux accents,
Tressaillent d'allégresse et s'enivrent d'encens.
Le peuple a retrouvé toutes ces vieilles fêtes,
Qui valent mieux que l'or et les vagues conquêtes.
La cloche, aux sons aimés, chantant sur le berceau,
Ou demandant des pleurs pour l'hôte du tombeau,
Sur son beffroi poudreux a repris ses volées,
Parlant aux cœurs contents, aux âmes désolées,
Des devoirs du chrétien, du néant des mortels.
Le sang pur du Calvaire inonde nos autels;
Le prêtre, de l'amour ne quittant pas les armes,
Passe comme un air pur qui vient sécher nos larmes.
Chaque jour rend plus forts les liens solennels
Unissant en un seul tous nos cœurs fraternels.
Hosanna! le Français, trop haut pour l'ignorance,
N'est pas fait pour le vice et pour l'indifférence.
Soyez béni, mon Dieu, nous ressuscitons tous;

Prenez en main nos cœurs, prenez! ils sont à vous!...

Eh! qui pourrait manquer à cet appel de l'ange,
Qui vient nous relever d'un abîme de fange?...
Quand le clairon résonne, au moment du combat,
Le superbe coursier sous le frein se débat,
Frappe du pied la terre et comme un trait s'élance;
En bonds impétueux sa croupe se balance,
De ses naseaux en feu sort un souffle brûlant;
Ses flancs sont agités, son œil étincelant;
L'écume sous son mors en longs flocons se presse,
Sur son col arrondi la crinière se dresse,
Et son hennissement semble crier : Allons!...

Et nous! si fiers toujours du sol que nous foulons,
Nous qui portons au front tant de noble énergie,
Ainsi que ce coursier, la poitrine élargie,
Respirons l'avenir, le Christ vient à nous;
Le grand jour du réveil se lève enfin pour tous!...
Comme lui bondissons à la voix qui nous crie :
Progrès et Liberté! Religion! Patrie!

Plus d'hommes abrutis se traînant ici-bas
Sur le chemin fangeux où s'enfoncent leurs pas.
Plus de riches hautains ayant un cœur de pierre.
Plus de pauvres honteux de leur noble misère.
Plus d'ouvriers fuyant le travail imposé
Et maudissant le pain de sueurs arrosé.
Plus de ces faux chagrins assombrissant la vie
Et doublant les soucis dont elle est trop suivie.
Plus de blasphémateurs et plus de désespoir :
Soyons un peuple fort, vivant de son devoir
Avec l'amour au cœur, dans l'âme l'espérance,
Que ne ferons-nous pas pour relever la France ?
Avec ce grand levier de la fraternité,
Soulevons jusqu'aux cieux toute l'humanité.
Tenons-nous par la main et marchons avec joie
Vers l'avenir dont Dieu nous indique la voie :
Si nous vivons pour lui, sans regrets nous mourrons,
Et la même couronne un jour ceindra nos fronts.

VII

LA LIBERTÉ.

I

J'ai vu, pour un seul mot, tout le peuple en délire
Se ruer cent fois à la mort.
L'héroïsme des cœurs montait jusqu'au martyre,
Jusqu'au sublime de l'effort.

J'ai demandé ce mot pour lequel on prodigue
Tant de courage et de fierté.
Et la France, en torrent qui franchit toute digue,
A passé, criant : Liberté!...

BIBLIOTHÈQUE

Liberté ! qu'es-tu donc pour soulever les âmes
    Comme le sable des déserts?...
Magnifique incendie, où prends-tu donc tes flammes
    Dans le ciel ou dans les enfers?...

A ton nom seul mon cœur, aussi pris de vertige,
    Bondit comme un peuple ameuté;
Pourtant mes yeux blessés ne suivent ton vestige
    Que sur un sol ensanglanté.

Indomptable coursier, tu froisses comme l'herbe
    Le front des générations;
Et comme le fléau dans l'aire bat la gerbe,
    Ton pied brise les nations.

Je vois tous tes lauriers, d'où ruissèlent des larmes,
    Flétris avant la fin du jour.
Ta voix n'arrive à moi qu'avec le bruit des armes
    Et sur les ailes du vautour.

Ta poésie à toi, c'est le cri de la rage,
    Le glaive dévorant les chairs,
Les plaintes du mourant, les hurlements d'orage,
    La foudre sifflant dans les airs.

Naguère, c'est pour toi que la France abusée
    A mis le meurtre au rang des lois.
Fleur étrangère au sol, tu voulais pour rosée
    Le sang des prêtres et des rois.

Dans ce siècle écoulé que le nôtre termine,
    Tu posais partout tes niveaux.
Tarquin faisait la guerre à tout ce qui domine,
    Même à des têtes de pavots.

Plus tard, j'ai pu juger, en prenant des années,
    Combien tes conseils nous coûtaient.
J'ai vu ta main de fer briser en trois journées
    Ce que dix siècles respectaient.

Et maintenant assis, moderne Jérémie,
Sur les ruines que tu fais,
Je demande en pleurant à ta sève endormie
De s'éveiller pour des bienfaits.

Malgré tes jours d'erreur, je ne puis te maudire:
L'homme a dénaturé ta loi;
Si la raison te guide, on peut te le prédire,
Liberté! le monde est à toi!...

II

La liberté qui dure et n'est jamais fatale
Dérive du concours de tous.
Elle fuit les excès, la passion brutale,
Les intolérants et les mous.

C'est un trésor que Dieu daigne prêter à l'homme
Pour le redemander aux cieux,
Et dont le débiteur doit augmenter la somme
En économe ingénieux.

La liberté n'est point dans la haine effrénée
De l'opulence et du pouvoir,
Mais dans l'obéissance à toute loi donnée
Par la sagesse et le devoir.

La loi n'atteint en nous que l'être sociable,
Jamais la personnalité.
Sans préceptes communs point de peuple viable :
La loi fait notre égalité.

Aux volontés de tous elle sert d'équilibre,
Donne beaucoup et n'ôte rien.
On n'est jamais esclave alors que l'âme est libre,
Et l'âme est libre dans le bien.

Vous donc qui frémissez au mot de tyrannie,
Ne dépassez pas le vrai but ;
En brisant tous les freins vous brisez l'harmonie.
L'humanité veut un tribut.

Tribut de sanctions, de causes générales,
Mesurant tous nos droits divers.
C'est sur ce vieux pivot des vérités morales
Que se meut en paix l'univers.

Cherchons donc avant tout dans nous l'indépendance;
Dans sa sphère chacun est roi.
C'est prouver sa sagesse et surtout sa prudence
D'être d'abord maître de soi.

L'obéissance honore et jamais n'humilie;
Le sot est le fils de l'orgueil.
L'homme peut échapper au devoir qui le lie,
Il n'échappe pas au cercueil.

S'il est une puissance à qui nul ne résiste,
Il est donc fait pour obéir.
Plus il veut s'affranchir, plus sa faiblesse existe;
Sa nature vient le trahir.

III

Seigneur, donnez-nous donc cette liberté vraie
Qui seule enfante le bonheur.
Au champ de nos désirs ne laissez point l'ivraie
Tromper l'espoir du moissonneur.

Mettez en nous l'amour qui forme la famille,
Le respect, sans servilité.
Fixez l'humble innocence au cœur de jeune fille,
Au cœur du fils docilité.

O peuples abusés ! vous prenez pour des chaînes
L'autorité qui vous rend forts.
Arbrisseaux à l'abri, vous maudissez les chênes,
Coursiers, vous maudissez le mors.

Ah ! s'il vous faut ainsi la liberté factice
Dont jouit l'Arabe indompté,
Prenez-la, mais alors acceptez le supplice
De sa longue immobilité.

Le progrès qui façonne, élève et civilise
Ne veut pas d'un peuple qui dort ;
Quand rien ne le contraint, l'homme se paralyse,
L'égoïsme avance sa mort.

Rappelez-vous plutôt qu'il faut que tout travaille
Pour arriver à l'unité,
Et que le pays libre est celui qui tressaille
Au nom de la fraternité !

L'ordre veut le pouvoir, le pouvoir veut qu'on plie;
De la naît notre activité.
Aux devoirs généraux plus l'âme est assouplie,
Plus le corps est en liberté.

J'ai dit : l'indépendance à laquelle j'aspire
Choisit la vertu pour milieu;
Il n'est qu'un bien réel pour lequel je conspire,
La liberté d'enfant de Dieu.

VIII

LE PAIN DE LA PAROLE.

Amis, voici trois ans que vos cœurs sympathiques
M'ont créé dans Paris ces chaires poétiques.
Plusieurs se sont émus de cette mission
Nouvelle dans les mœurs de notre nation.
Tout semblait contre nous; mais la persévérance
Justifie aujourd'hui notre longue espérance.
Nous portons l'avenir, et Dieu qui nous bénit
Promet un nouveau monde au monde qui finit.
Hommes d'ordre et de paix, généreuses phalanges,
De l'enfance déjà nous secouons les langes.

Nous voilà grands et forts, unis dans le devoir;
Le progrès nous attend, si nous savons vouloir....

Jusqu'ici je doutais, même encor je m'étonne
De recevoir autant lorsque si peu je donne.
Je ne puis oublier que ce peuple attentif
Qui sourit à mes vers dans la gêne est captif.
Le sort, qui le nourrit d'un pain chargé de larmes,
Lui prodigue ses maux, lui mesure ses charmes.
Que peut la poésie en ses plus beaux accords?
C'est l'aliment de l'âme et non celui du corps.
Ici ma voix est donc au moins inopportune,
Ce n'est point une digue au flot de l'infortune.
Vous ne me devez pas, hélas! un seul beau jour;
Pourquoi m'écoutez-vous?... je n'ai que mon amour.
Ah! je le sais, amis, vous êtes de la France.
Ce mot m'explique seul votre noble adhérence.
Chez nous, le peuple est grand jusqu'en sa pauvreté,
Et le besoin jamais n'abaisse sa fierté.
Ce n'est pas lui qui doit solliciter l'aumône;
Ses mains qui tant de fois ont défendu le trône,

Qui sèment nos épis, récoltent nos lauriers
Et font baisser le glaive aux plus fameux guerriers,
N'acceptent que l'obole acquise avec noblesse :
Le salaire est un droit, mendier c'est faiblesse.
Pas un de vous ne veut ces dons humiliants
Qui font monter le rouge au front des suppliants.
Vous aimez, même aux jours de dénùments extrêmes,
Ne devoir, s'il se peut, votre pain qu'à vous-mêmes;
C'est là votre sagesse, et c'est pourquoi toujours
Vous savez applaudir à de mâles discours.
Le malheur n'éteint pas chez vous l'intelligence,
L'esprit même vous sert à dompter l'indigence;
Bientôt, désabusés des rêves d'ici-bas,
Vous userez des biens comme n'en usant pas....

Honneur donc à vous tous, alors qu'en vos familles,
Entourés chaque soir de vos fils, de vos filles,
Et reposant un corps par le labeur ployé,
Vous apportez le prix d'un temps bien employé.
C'est là qu'il faut vous voir, au bout de vos journées,
Suivant sans murmurer le cours des destinées,

Ayant toujours assez pourvu qu'autour de vous
Vous comptiez des heureux et jamais des jaloux.
On vous connaît trop peu, c'est là le tort du monde;
La vertu parmi vous plus que le vice abonde;
Et lorsqu'en vos foyers parfois je viens m'asseoir,
Au lieu de vous donner, je voudrais recevoir.
C'est chez vous bien souvent qu'on trouve encor la trace
Des mœurs qui distinguaient autrefois notre race:
Traditions d'honneur, de générosité,
D'orgueil national, de foi, d'urbanité.
Le dévoûment surtout dans vos âmes réside,
Et jusqu'à vos écarts l'héroïsme préside;
Quand on vous étudie, aux jours bons et mauvais,
On peut pleurer parfois, désespérer jamais...

O peuple magnifique! ô nation choisie!
C'est bien en toi que doit vibrer la poésie.
Je ne m'étonne plus de trouver tant d'échos :
Dans le cœur de leurs fils survivent les héros.
Je sens auprès de vous que notre vaste histoire
N'est pas près d'achever les pages de la gloire;

Un état plus parfait dépend de vos efforts ;
Progressez dans le bien, c'est la tâche des forts.
Oui, j'ai foi dans le peuple, et je sens la puissance
D'un barde qui viendrait, comprenant votre essence,
Vous apporter, non pas un cœur plus chaud que moi,
Mais un talent plus mûr, partant plus sûr de soi.

La parole est pour l'homme une semence active
Portant des fruits divers en son âme attentive ;
Sa rapide influence, unie aux passions,
Sauve dans un instant ou perd les nations.
Demandez-le ce barde, unissant au génie
La raison et la foi vivant en harmonie.
Demandez une voix acquise à vos besoins,
Appelant sur vos maux le remède ou des soins.
Demandez une voix qui toujours vous console,
Qui soit votre compagne alors qu'on vous isole,
Et qui, semant toujours la morale en vos cœurs,
Contre les coups du sort vous maintienne vainqueurs.
Un jour vous comprendrez mieux qu'aujourd'hui peut-être
Ce qu'on gagne à s'unir pour s'aimer, se connaître !

L'œuvre qui nous rassemble est encore au berceau,
Et déjà par ses fruits on connaît l'arbrisseau.
Venez chercher ici l'or pur de l'Évangile,
Arrachez vos pensers à leurs vases d'argile,
Et dites-vous toujours, en entrant dans ce lieu,
L'homme vit moins de pain que du verbe de Dieu.

IX

CHANT NATIONAL.

Ecoutez tous ! Dieu remplit ma pensée ;
Mon âme échappe à la prison du corps.
Au vent du ciel ma lyre balancée
Jette aux échos ses plus larges accords.
Assez longtemps, ma France bien-aimée
Tu jetas l'ancre au fond du souvenir ;
Espère enfin : de ma lèvre enflammée
Tombe sur toi le chant de l'avenir.

Entr'ouvre-toi, vieux sol de ma patrie !
Laisse germer ta moisson de tombeaux.
De nos aïeux la tige refleurie
Va se couvrir de rejetons plus beaux.

La liberté comme un torrent s'avance,
De tous les points j'entends la foi venir;
O temps heureux que mon regard devance,
Ne soyez pas trop loin dans l'avenir.

Reparaissez, vieux soleil de la gloire
Dont les rayons enfantaient des guerriers.
Chaque feuillet de plus à notre histoire
Doit se marquer par de nouveaux lauriers.
Le cœur du peuple, envahi par la sève,
Ne pourra plus bientôt la contenir.
Le grand réveil des nations s'achève :
O mon pays! regarde l'avenir.

Le monde entier déjà se renouvelle,
Un saint transport saisit l'humanité;
On voit jaillir une aurore nouvelle
Du dogme ancien de la fraternité.
Que le signal de ces siècles prospères
Parte de France, où tous doivent s'unir;

Son passé fut l'ouvrage de nos pères,
A nous revient celui de l'avenir.

La paix rayonne au front de l'homme libre;
Plus de pouvoirs exagérant leurs droits.
Je vois entrer dans le vaste équilibre
Le sacerdoce indépendant des rois.
Un but moral domine les usages;
La loi protége et n'a plus à punir;
L'erreur se tait, la parole est aux sages.
Peuples, debout! saluez l'avenir.

Le Christ est roi! gloire à Dieu! paix aux hommes!
L'ère d'amour va commencer pour nous.
Le jour se fait dans la nuit où nous sommes;
Au seuil du ciel le monde a rendez-vous.
Bienheureux ceux qui verront la lumière
Que rien ne cache et rien ne peut ternir.
O France! à toi de la voir la première;
De ta hauteur plane sur l'avenir.

Silence à ceux qui disaient : L'homme passe,
Et chaque pas l'approche du néant.
Comme un soleil s'élançant dans l'espace,
L'homme vers Dieu se relève en géant.
Il est créé pour graviter sans cesse
Vers le parfait, et doit y parvenir ;
L'âme n'a pas de mort ni de vieillesse !
Vivre, c'est tendre au but de l'avenir.

Ce but, Seigneur, nous voulons tous l'atteindre ;
La France sait que son destin est beau ;
Volcan divin ! rien ne pourra l'éteindre,
Et l'univers la prendra pour flambeau.
Nous renaissons à l'espoir qui fait vivre,
Tout nous promet que nos maux vont finir.
Parlez, Seigneur ! les peuples vont vous suivre ;
Parlez ! le monde aspire l'avenir.

X

Riche et Pauvre.

LE RICHE.

Mon ami, j'ai pitié de vous voir sans ressource ;
Chacun, sans s'arrêter, vous froisse dans sa course ;
Mendier, croyez-moi, c'est le plus vil métier ;
L'honneur, qui vaut de l'or, n'en sort jamais entier.
De vos maux déjà lourds vous augmentez la somme ;
N'abaissez pas ainsi votre dignité d'homme.
Le travail fait l'aisance, il faut gagner son bien ;
Attendre tout d'autrui, c'est se compter pour rien.

LE PAUVRE.

Soyez béni de Dieu, vous dont la voix amie
Rend mon âme sans force un instant raffermie.
Dès le lever du jour, et nous touchons au soir,
Sur le bord du chemin je suis venu m'asseoir.
Les oiseaux près de moi chantaient, prenaient pâture,
Et moi j'attends encore un peu de nourriture.
Ah ! croyez que je souffre à mendier ainsi ;
Il a fallu la faim pour me traîner ici....

LE RICHE.

La faim vient-elle donc surprendre à l'improviste?
On pressent le malheur...

LE PAUVRE.

Oui, mais qui lui résiste?
Nul n'est maître ici-bas de vivre sans souffrir ;
Quand la misère frappe, hélas! il faut ouvrir.

LE RICHE.

Il est vrai que souvent, jouet des destinées,
L'homme, en des lits divers, voit couler ses années;
Mais, quand on sait du temps sagement faire emploi,
On peut rester heureux sous la plus dure loi.
Nous gaspillons nos jours sans en chercher l'usage.

LE PAUVRE.

Le temps n'est pas à nous!..

LE RICHE.

Il appartient au sage.

LE PAUVRE.

On voit bien que des maux le cortége accablant
Ne vient pas jusqu'à vous ou n'y vient qu'à pas lent.
Votre foyer n'est point envahi par les larmes
Dont les flots, du plus fort, peuvent rouiller les armes.

Le bien-être permet plus d'un raisonnement
Que le manque de tout annihile ou dément.
Est-ce à vous d'ignorer qu'il est sur cette terre
Des hommes dont la vie est un fatal mystère?
Pour eux pas un moment d'espérance et de paix :
La souffrance toujours, et le bonheur jamais!...
Qui pourrait exiger de ces pauvres esclaves
La raison des heureux, le courage des braves?
Le malheur a besoin de rapides secours;
Il n'a que faire au moins des plus graves discours.

LE RICHE.

C'est ainsi que raisonne un être sans noblesse,
Qui ne prend pour conseil qu'une sotte faiblesse,
Aimant mieux accuser le destin de ses maux
Que d'en chercher la cause en ses propres défauts.

LE PAUVRE.

Quel est donc votre Dieu, si moi, sa créature,
Je dois de ma misère accuser ma nature?

Ai-je demandé l'être? ai-je accepté mon rang?
En naissant, de ma mère ai-je choisi le sang?
Pauvre je suis entré sur cette terre aride;
Enfant, déjà mon front comptait plus d'une ride;
J'ai grandi sans douceurs, sans soins et sans amis;
Pas un bonheur reçu, pas un bonheur promis.
Rebuté par les uns, conseillé par les autres,
Je n'ai vu que des cœurs d'avares ou d'apôtres;
De tout bien à la fois je suis déshérité,
Et je demande encor ce qu'est la charité.
Au sentier des heureux on dit que j'ai ma place
Pour servir de leçon à l'opulent qui passe.
Comme un poteau debout à l'angle du chemin,
Je montre le néant en étendant ma main.
Si c'est la vie, hélas! dont Dieu retient l'hommage,
Peut-on dire que l'homme est fait à son image?
Iniquité du sort! malheur, malheur à moi!
Je suis maudit sans doute, et je ne sais pourquoi....

LE RICHE.

La cause de vos maux vous l'expliquez vous-même

En mettant la révolte au niveau du blasphème.
Il n'est point vrai que Dieu délaisse sans secours
L'être qu'il a créé pour couler d'heureux jours :
Lui qui sème les fleurs comme des pierreries
Sur le tapis soyeux de nos vertes prairies;
Qui jusque sur l'insecte abaisse son regard,
Veut que de sa bonté tout mortel ait sa part.
Nous trouvons tout ensemble, et sur la même voie,
Les ronces du malheur, les roses de la joie.
C'est à nous de choisir, non pas ce plaisir vain
Qu'on dévore aujourd'hui, qu'on oublîra demain;
Mais ces biens au-dessus de l'éloge et du blâme,
Qui font taire le corps au profit de notre âme.
Le premier soin du sage est de s'étudier,
De comprendre le mal et d'y remédier.
Tout homme porte en soi le sentiment intime
De l'acte qui le rend ou vainqueur ou victime.
Il suffit d'être libre, en présence du sort,
De chercher la tempête ou de chercher le port.

LE PAUVRE.

Mais c'est la liberté qui manque au plus grand nombre;
Que sert de croire au port quand le navire sombre?
Pilote abandonné je ne vois que l'écueil,
Et j'entre encor vivant dans la nuit du cercueil.

LE RICHE.

Le cercueil, c'est le port pour l'homme juste et sage
Qui, semblable ici-bas à l'oiseau de passage,
Ne bâtit pas son nid pour l'habiter toujours,
Et cherche le printemps au sein des mauvais jours.
Voit-on au champ d'honneur le soldat crier grâce,
Lorsque de la victoire il subit la disgrâce?
Il suffit d'un laurier pour le maintenir fort :
L'homme a l'espoir du ciel pour surmonter le sort;
La vie est son épreuve, et Dieu le récompense
En raison des vertus que sa force dépense.
Le labeur est la loi de notre humanité;
Mais qu'importe le temps devant l'éternité?..

LE PAUVRE.

L'éternité! grand mot qui largement résonne,
Et qui, n'expliquant rien, ne console personne.

LE RICHE.

Le malheur, je le vois, égare votre esprit;
La raison n'agit plus quand la haine l'aigrit.

LE PAUVRE.

A de vagues conseils vous ajoutez l'outrage!

LE RICHE.

J'ai parlé comme on parle aux hommes de courage.

LE PAUVRE.

Ah! cruelle ironie! et que le riche est dur!
Le pauvre n'est pour lui qu'un étranger obscur
Dont la main salirait sa main patricienne.
Du préjugé de caste on sait la force ancienne :

Le pauvre n'est qu'un être abject ou rebuté
Qu'on soulage par grâce ou par nécessité.
Le plus souvent on fuit sa plainte inopportune ;
Sur lui passe au galop le char de la fortune.
La honte est dans son cœur, la rougeur sur son front!
L'aumône sert l'orgueil et n'est plus qu'un affront.
La charité se perd ou devient utopie ;
Promettant sans donner, c'est la philanthropie.
On ne sait plus aimer, je ne crois plus au bien,
J'ai souffert trop longtemps et je n'attends plus rien!..

LE RICHE.

Attendez tout de moi! votre âme desséchée
Garde sous ses débris trop de sève cachée
Pour que le désespoir vous soit encor permis ;
Ayez foi! dans mes mains votre sort est remis.
Dieu, que vous accusez d'oublier la misère,
M'a fait venir ici pour vous nommer mon frère.
Je souffre de vos maux, je pleure de vos pleurs,
Et mon or est à vous!

LE PAUVRE.

Gardez-le, je me meurs!

LE RICHE.

C'est vous qui lâchement abandonnez la vie!

LE PAUVRE.

Pourquoi vivrais-je encor s'il n'est rien que j'envie?

LE RICHE.

Vivez pour aimer ceux qui vont vous secourir!

LE PAUVRE.

Où sont-ils?

LE RICHE.

Me voici!

LE PAUVRE.

Ah ! laissez-moi mourir !
Que ferez-vous d'un cœur tari par la souffrance?
J'ai trop de souvenirs pour croire à l'espérance.

LE RICHE.

Laissez là le passé, songez à l'avenir!
La mort ne suspend rien et ne vient rien finir.
Dieu juge! et si votre âme encourait sa colère,
Vous changeriez de lieux sans changer de misère.
La vie est pour tout homme une tâche à remplir,
Et qui n'a rien semé n'aura rien à cueillir.

LE PAUVRE.

Quel étrange ascendant vous avez sur mon âme!
Malgré moi je rougis, malgré moi je me blâme;
Je sens rentrer soudain la force dans mon cœur;
Je me croyais vaincu, je puis être vainqueur.

Soyez fier du pouvoir d'une sage parole :
Riche, on peut par l'amour autant que par l'obole ;
L'or éclaircit les rangs de la mendicité.
On ne fait des heureux qu'avec la charité.

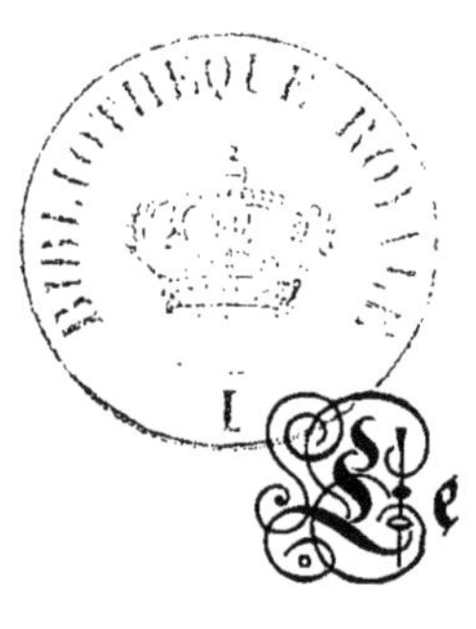

XI

Le Dimanche.

Un peuple doit tenir à tous les vieux usages
Qui portent avec eux des traditions sages.
Le progrès est le fruit des leçons du passé;
Sans l'histoire, son but est nul ou dépassé.
Mais, parmi les devoirs que la coutume impose,
Plus d'un, du bien de tous, fait dériver sa cause.
Telle est l'antique loi, pleine encor d'à-propos,
Qui veut, après six jours, un jour pour le repos.

6

En France, où la raison gouverne d'habitude,
Cet ordre du Sina tombe en désuétude,
Et, par un contre-sens éclos d'un préjugé,
Le précepte survit ; le jour seul est changé.
En vain de cet oubli je cherche l'avantage.
C'est de quatre mille ans renier l'héritage,
C'est refuser à Dieu le jour dont il fait choix,
C'est contredire seul tout le monde à la fois.
Mieux vaut douter alors de cette erreur flagrante
Qui ne peut recruter qu'une foule ignorante,
Et penser que le peuple, encor digne de lui,
N'a pas cru si longtemps pour changer aujourd'hui.

S'il n'en était ainsi, je plaindrais sa folie.
Pour l'homme dont l'esprit à l'étude s'allie
Au contact du temps, rien ne s'est altéré
Dans les lois dont l'Eglise a le dépôt sacré.
Le dimanche est surtout la fête populaire.
Ce jour-là, l'ouvrier, au-dessus du salaire,
N'est plus l'homme de peine, esclave du métier,

Dans la vile matière absorbé tout entier.
Son corps est au repos et son âme travaille;
Le labeur quotidien ne courbe plus sa taille;
Il est debout! portant sa tête avec fierté,
Comme un noble captif qu'on met en liberté.
Plus de ces cris confus, de ces propos obscènes;
L'atelier fait silence, et les plus douces scènes
Se passent au foyer, où l'heureux travailleur,
S'il respecte son corps, doit se trouver meilleur.
N'est-ce pas en ce jour de sage quiétude
Qu'il remplit de son cœur la longue solitude?
Où sont, pendant six jours de travaux assidus,
Les entretiens d'amis jusqu'à lui descendus?
Il n'a pour confidents des pensers de son âme
Que les vastes fourneaux où pétille la flamme,
Que le bois sous la scie, ou le fer sur l'étau;
Sa main n'a pu presser que l'outil, le marteau.
A-t-il vécu durant ces pesantes journées?...
S'en prendra-t-il à Dieu, maître des destinées?
L'accusant de créer, pour ployer sous le faix,
L'homme, dont il veut être aimé pour ses bienfaits.

Honte à qui soutiendrait le poids de ce blasphème !
Douter du Créateur, c'est douter de soi-même.
L'être ignorant peut seul faire une loi du mal,
Et la fatalité n'atteint que l'animal...

Ce n'est pas nous, amis, nous, fiers d'être des hommes,
Qui descendrons jamais des hauteurs où nous sommes.
Le travail est pour nous un devoir accepté
Pour gagner le repos de l'immortalité.
Avant d'être ouvriers, nous nous sentons artistes.
Nous sommes créateurs encor plus que copistes.
L'objet matériel travaillé par nos mains
D'inutile devient nécessaire aux humains.
En nos travaux divers notre âme se reflète,
Et la pensée en nous par notre art se complète.
Que nous importe alors la fatigue du jour,
Si nous mettons sur tout le sceau de notre amour ?...
Tous les états sont beaux quand l'homme les relève ;
La foi forme l'artiste, et le talent l'achève.
Pour nous, Dieu, qui console, est dans nos ateliers,

Et Dieu, qui récompense, est près de nos foyers.
Aussi, nous attendons, pour oublier nos peines,
Ce jour qui, chaque fois, divise nos semaines
Comme un bel anneau d'or dans des anneaux d'airain;
Jour où l'âme est plus libre et le cœur plus serein.
Nous l'attendons toujours, comme les hirondelles
Attendent le printemps pour revenir fidèles,
Et, chaque fois, nos fronts se montrent triomphants,
Couronnés des baisers de nos joyeux enfants.
Dans nos logis, alors, tout prend un air de fête :
Le repos est si doux quand c'est notre conquête;
Acheté par la peine, il n'est que mieux compris :
Plus un plaisir est rare et plus il a de prix.

Salut donc à ce jour où tout dans la nature
Sollicite au repos la moindre créature!
Si l'homme se souvient des cieux dont il descend,
De l'ordre universel doit-il, seul, être absent,
S'isoler contre Dieu dans son propre génie,
Et du monde troubler la constante harmonie?

Pauvre nain révolté, se fera-t-il plus grand
En transgressant des lois que la brute comprend?

Quand le dimanche arrive au sein de nos campagnes,
L'étable du vallon, l'étable des montagnes
Gardent sous leurs abris les taureaux mugissants,
Nonchalamment couchés sur leurs jarrets puissants;
Les travaux les moins durs les trouvent difficiles,
Et contre l'aiguillon ils luttent indociles.
Aussi l'on entend dire à plus d'un laboureur :
« Mes bœufs connaissent tous le grand jour du Seigneur. »
L'oiseau, quand vient l'aurore, au bord du nid le chante,
La fleur semble dormir sur sa tige penchante;
L'air circule, égayé par le chant des bergers,
La cloche du hameau, les jeux sous les vergers;
Tout est changé d'aspect, même au sein de nos villes,
Où l'appétit du gain fait tant d'âmes serviles.
C'est jour où tout renaît, prie, espère et jouit,
Jour qu'on veut prolonger quand il s'évanouit;
Conservons-le du moins pour l'honneur de la France,

Comme le signe ancien d'une auguste croyance.
Malheur aux nations sans culte extérieur
Qui frappe de respect l'étranger voyageur.
Notre pays surtout, fils aîné de l'Église,
Doit vouloir qu'en tous lieux ce vieux titre se lise;
Et si nous croyons tous à notre dignité,
Tenons-nous les plus près de la Divinité.

XII

PRIÈRE DE L'OUVRIER.

Comme un fleuve sans nom je vois couler mes jours;
Les fleurs ne viennent pas se mirer dans son cours
    Que troublent bien souvent mes larmes.
L'existence me pèse, un désert est en moi;
Mon Dieu! dans ma douleur je me confie à toi:
    Pour vaincre donne-moi des armes.

J'accepte mon destin, mais je suis si peu fort
Que bientôt je murmure et j'appelle la mort

Au lieu de t'offrir ma souffrance.
Je me révolte en vain sans adoucir mes maux,
Et las de mon orgueil je ne suis en repos
Que sous l'aile de l'Espérance.

Je sens à tes genoux, quand je viens te prier,
Que de cet univers le sublime ouvrier
Ne peut qu'aimer sa créature.
Tu te complais toujours dans l'œuvre de tes mains,
Et tout dit ta bonté pour les pauvres humains
Quand on regarde la nature.

Dieu puissant ! je t'adore,
A toi mon cœur se rend.
Riche, l'homme s'ignore,
Et pauvre il se comprend.
Le monde me délaisse,
J'attriste les heureux ;
Mais vers toi, ma richesse,

Je reprends ma noblesse
Et suis aussi grand qu'eux.

Je suis homme, j'ai du courage,
Je veille quand le riche dort;
Mon cœur s'affermit dans l'orage;
L'honneur est tout mon apanage,
Je travaille et je fais mon sort.
L'épargne me mène à l'aisance,
Je suis libre et je sais mon droit.
Je ne désire l'abondance
Que pour faire à la bienfaisance
Plus large place sous mon toit.

Je mets mes vœux au-dessus de l'envie,
J'aime mieux être assailli par l'amour.
Si pour s'aider on traversait la vie,
Chacun pourrait y gagner à son tour.
Ah ! sous mon corps usé par la fatigue
Je sens qu'un cœur bat pour l'humanité;

Et chaque jour je dépense et prodigue
Tous les trésors de la fraternité.

Mais dans l'obscure voie où mon âme est placée,
Je la sens sur moi-même, hélas! se replier.
On écoute si peu le bruit de la pensée
Qui vient du fond de l'atelier!

On croit que tout s'éteint au froid de l'indigence,
Que l'enfer de l'esprit joint celui du malheur.
Pauvre d'argent on est pauvre d'intelligence
Aux yeux du riche sans douleur.

Pourtant, c'est la douleur qui fait les grandes âmes,
C'est le lot dont le Christ a lui-même fait choix.
Pour fixer sa valeur l'or doit passer aux flammes;
Pour atteindre le ciel il faut porter sa croix.

Mon Dieu! c'est donc en toi que tout mon être espère;
Que m'importent les maux si tu soutiens mes pas?...

Orphelin des heureux je te choisis pour père;
Bien plus riche est là-haut qui fut pauvre ici-bas.

En attendant ma délivrance,
Je me console en te priant;
A tes pieds mon front souriant
Perd les traces de la souffrance.

Roi! l'infini c'est ton empire,
Ton trône est au plus haut des cieux.
Que ton saint nom soit glorieux,
Béni par tout ce qui respire!

Que ton règne promis arrive,
Règne de paix et de bonté;
Que tout être à ta volonté
Au ciel et sur terre souscrive.

A tous, pour chanter tes louanges,
Donne le pain de chaque jour,

Surtout le pain de ton amour
Qui met l'homme au niveau des anges.

Ne te souviens plus des blasphèmes
De l'âme, esclave de nos corps ;
Fais-nous remise de nos torts
Comme nous pardonnons nous-mêmes.

Si le faux esprit nous conseille,
Sois là lorsque nous faiblissons :
Et pour écouter tes leçons
Détourne aussitôt notre oreille.

Voilà, du fond de ma misère,
Le cri qui monte jusqu'à toi :
Dieu clément ! prends pitié de moi ;
Quand irai-je où va ma prière ?...

Vois ! je n'ai rien qui me retienne
Sur cette terre de douleurs.

Ma couronne, sans or ni fleurs,
Est d'épines comme la tienne.

Ma force est dans la tempérance ;
Au travail mon corps est dispos ;
Mais, comme toi, dans mon repos
Que j'entre aussi par la souffrance !...

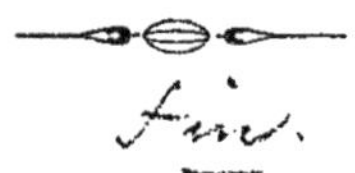

www.ingramcontent.com/pod-product-compliance
Ingram Content Group UK Ltd.
Pitfield, Milton Keynes, MK11 3LW, UK
UKHW021207220726
13924UKWH00003B/1376